KB118067

기획의 말

그리운 마음일 때 'I Miss You'라고 하는 것은 '내게서 당신이 빠져 있기(miss) 때문에 나는 충분한 존재가 될 수 없다'는 뜻이라는 게 소설가 쓰시마 유코의 아름다운 해석이다. 현재의 세계에는 틀림없이 결여가 있어서 우리는 언제나 무언가를 그리워한다. 한때 우리를 벅차게 했으나 이제는 읽을 수 없게 된 옛날의 시집을 되살리는 작업 또한 그 그리움의 일이다. 어떤 시집이 빠져 있는 한, 우리의 시는 충분해질 수 없다.

더 나아가 옛 시집을 복간하는 일은 한국 시문학사의 역동성이 드러나는 장을 여는 일이 될 수도 있다. 하나의 새로운 예술작품이 창조될 때 일어나는 일은 과거에 있었던 모든 예술작품에도 동시에 일어난다는 것이 시인 엘리엇의 오래된 말이다. 과거가 이룩해놓은 질서는 현재의 성취에 영향받아 다시 배치된다는 것이다. 우리는 현재의 빛에 의지해 어떤 과거를 선택할 것인가. 그렇게 시사(詩史)는 되돌아보며 전진한다.

이 일들을 문학동네는 이미 한 적이 있다. 1996년 11월 황동규, 마종기, 강은교의 청년기 시집들을 복간하며 '포에지 2000' 시리즈가 시작됐다. "생이 덧없고 힘겨울 때 이따금 가슴으로 암송했던 시들, 이미 절판되어 오래된 명성으로만 만날 수 있었던 시들, 동시대를 대표하는 시인들의 젊은 날의 아름다운 연가(戀歌)가 여기 되살아납니다." 당시로서는 드물고 귀했던 그 일을 우리는 이제 다시 시작해보려 한다.

기획의 말

그리운 마음일 때 'I Miss You'라고 하는 것은 '내게서 당신이 빠져 있기(miss) 때문에 나는 충분한 존재가 될 수 없다'는 뜻이라는 게 소설가 쓰시마 유코의 아름다운 해석이다. 현재의 세계에는 틀림없이 결여가 있어서 우리는 언제나 무언가를 그리워한다. 한때 우리를 벅차게 했으나 이제는 읽을 수 없게 된 옛날의 시집을 되살리는 작업 또한 그 그리움의 일이다. 어떤 시집이 빠져 있는 한, 우리의 시는 충분해질 수 없다.

더 나아가 옛 시집을 복간하는 일은 한국 시문학사의 역동성이 드러나는 장을 여는 일이 될 수도 있다. 하나의 새로운 예술작품이 창조될 때 일어나는 일은 과거에 있었던 모든 예술작품에도 동시에 일어난다는 것이 시인 엘리엇의 오래된 말이다. 과거가 이룩해놓은 질서는 현재의 성취에 영향받아 다시 배치된다는 것이다. 우리는 현재의 빛에 의지해 어떤 과거를 선택할 것인가. 그렇게 시사(詩史)는 되돌아보며 전진한다.

이 일들을 문학동네는 이미 한 적이 있다. 1996년 11월 황동규, 마종기, 강은교의 첫번째 시집들을 복간하며 '포에지 2000' 시리즈가 시작됐다. "생이 덧없고 허기질 때 이따금 가슴으로 암송했던 시들, 이미 절판되어 오래된 명성으로만 만날 수 있었던 시들, 동시대를 대표하는 시인들의 젊은 날의 아름다운 연가(戀歌)가 여기 되살아납니다." 당시로서는 드물고 귀했던 그 일을 우리는 이제 다시 시작해보려 한다.

그 인연에 울다

문학동네포에지 065

양선희 시집

그
인연에
울다

시인의 말

내가 시의 집이 되고
시가 나의 집이 될 수 있기를
꿈꾸어본다.

2001년 봄
양선희

개정판 시인의 말

응답하라, 그 인연에 울던 날들이여!
다시 울고 싶다.

2022년 겨울
양선희

차례

3부

4부

5부

1부

참숯

누가 참숯을 한 가마 보내왔네. 쌀통에 두면 벌레를 막고, 옷장에 두면 습기를 먹고, 냉장고나 화장실에 두면 악취를 제거하고, 거실에 두면 공기를 정화하고, 장독에 넣으면 장맛이 좋아지고, 베개에 넣으면 머리가 맑아지고, 곱게 갈아 물에 타 먹으면 속병이 씻길 거라며, 참이지 못한 것을 속속 흡수하는 놀라운 색을 얻은 참숯을 보내왔네.

나도 생을 잘 불태우면
한번 더 타오를 수 있는
불씨를 얻을 수 있을까.

나도 색을 쓰고 싶다

사시를 고치려고
사방으로
팔방으로
허방으로
눈길을 내니
색깔 색깔 보호색을 지닌 것들은
색으로 생을 연장하고
제 태깔을 지니려고
자연은 저리 분주하구나.
저 품에서 한 세월 잊으면
나도 제 색을 낼 수 있을까.

신비하다

이거 한쪽만 상한 건데
도려내고 드실래요?
가게 아주머니는
내가 산 성한 복숭아 담은 봉지에
상한 복숭아 몇 개를 더 담아준다.
먹다보니 하, 신기하다.
성한 복숭아보다
상한 복숭아 맛이 더 좋고
덜 상한 복숭아보다
더 상한 복숭아한테서
더 진한 몸내가 난다.
육신이 썩어 넋이 풀리는 날
나도 네게 향기로 확, 가고 싶다.

씨앗 요법

혹시
씨앗 요법을 아세요?
통증이 있는 신체 각 부위에
씨앗을 붙여놓으면
씨앗이 병 기운을 빨아들여
치료가 되는 건데요
씨앗의 뾰족한 부분은
침의 역할도 하기 때문에
침술 효과까지 볼 수 있습니다.
멍이 든 자리에
감씨를 몇 시간 붙여두면
그 자리에만 멍이 빠지고
두통이나 요통이 있을 때
카나리아 꽃씨를
손가락과 발가락에 붙여두면
진통 효과를 볼 수 있죠.
몸에서 떼어낸 씨앗은
제 색깔이 없어지고
거무튀튀해집니다.
빨아낸 병 기운으로
온몸을 채웠기 때문이죠.

상처인 네게
씨앗처럼 나도

몸을 붙이고 싶다.

난산의 시절

내 속에 둥지 틀고 싶어하는
저 날짐승들
나는 왜 나뭇가지 하나
바위 틈새 한곳
비워주지 못하나.
나는 왜 잡풀에게 파먹히는
길에게 몸 한번 내어주지 못하나.
나는 왜.

내가 없는 곳에 번성한
생물들의 생기
길도 집도 아무 이름도 되지 못한
나를 때린다.

미치면, 나
그 무엇의 위로가 될 수 있을까.

몸을 바꾸고 싶다

죽은 아이를, 긁어낸다.
생산을 모르는 내 몸.

생생하게
생생하게

왜 안 되나.

어둠 속에서
날개를 얻은 것들
새 세상을 간다.

세월이여, 제발
암흑 구덩이에 나를 묻어다오.

슬픔의 나무*

나, 슬픔의 나무이고 싶다.

밤이 오면 향낭인 몸을 열어
꿈이 사나운 짐승들
아무 맛이 되지 못한 낙과들
버림받아 난폭해지는 길들
둥글지 못해 낙심하는 돌부리들
깃들일 곳 찾지 못해 상심하는 영혼들
어루만져 재워주고
향기의 음부를 닫는 아침이면
그늘 아래 명상객들을 불러 앉히는.

* 인도의 뭄바이 근처 섬에 있는 나무인데 밤에만 향기를 내뿜는다고 함.

미로에서

꽃들은
눈이 밝은 잔뿌리 사이사이에
벌레집을 품고 있고

꽃피기 시작하는 나무는
갈증이 나서 물을 많이 먹는구나.

옹이 많은 나무들 품에
생물의 집 천지이고

어두운 숲의 나뭇가지들
몸을 굽혀 열 갈래 백 갈래의 길을 가리키는구나.

저 수많은 길에 머리를 파묻고
나는, 생을 찾는다.

나는 너무 무겁다

소금쟁이 한 마리가
물위를 걸어다닌다.

소금쟁이 두 마리가
물위를 뛰어다닌다.

소금쟁이 여러 마리가
물위에서 춤을 춘다.

나는 하나의 늪도
건너지 못했다.

전씨 농장에서

—경하에게

유기농을 시작한 전씨 농장에 갔다
배추는 포기마다 배추벌레를
들깨나무는 잎사귀마다 무당벌레를
콩나무는 사마귀나 노린재를
고추나무는 고추벌레를 키우고 있었다

그 푸성귀들
그 너른 품들
나도

식구나 객식구에게
복장이든 꿈이든
기꺼이 파먹혀야 하는데

음악 요법

노래책을 꺼내
좀이 기어다니는 책장을 넘기며
노래를 부른다

햇빛을 향해 뻗던
화초들 줄기가
내가 매일
노래 부르는 쪽으로
휜다

그 노래의 힘에 나도 이끌리면
단물 많은 몸에
기생이 있는
공생이 있는
생에 이를 수 있을까

늙은 신갈나무처럼

몸을 침범하는 벌레를
중심을 어지럽히는 곰팡이를
속을 갉아먹는 나무좀을
그 속에 둥지 트는 다람쥐나 새를
용서하니
동공이 생기는구나
바람을 저항할 힘을 선사하는

2부

각질은 무섭다

각질은 무섭다. 각질 제거용 비누, 각질 제거용 화장수, 각질 제거용 크림, 각질 제거용 팩을 해도 부드러워지지 않는다. 각질 제거용 돌을 쇠를 마모시키는, 각질은 무섭다. 내게 와닿는 생의 감촉, 섬광, 내 안에 파도치는 생기 느낄 수 없다. 생을 안아도 내 몸은 열리지 않아 비명만 나온다. 딱딱해진 혀는 더이상 생의 감미 알 수 없고, 딱딱해진 손은 생을 어루만질 수 없고, 딱딱해진 귀는 생의 음향 들을 수 없고, 딱딱해진 코는 생의 체취에 들뜰 수 없다. 생살을 파고드는 각질은, 무섭다. 내게 칼을 들게 한다.

희원이

선생님 미로 게임 하실래요 미로에는 보물이 많대요 출구 찾는 게 좀 힘들지만 그게 또 재미잖아요 그러다보면 방향 감각을 키울 수 있고 쓸모없는 길을 하나씩 지울 줄도 알게 되고 길눈도 밝아지니 시간 허비는 아니에요 미로에 처음 들어가면 갇힌 것 같아 막막하지만 그 속에서 놀다보면 출구 찾는 요령도 익히게 되고 제 길을 찾게 되거든요

선생님 드림랜드 가는데 한 꼬마가 묻더라구요 별까지 얼마나 걸리는지 알아요 버스 타면 세 달 걸리구요 택시 타면 한 달 걸리구요 비행기 타면 일주일 걸려요 또 한 꼬마가 묻더라구요 꽃 나이는 몇 살인지 알아요 세 살이에요 내 동생처럼 귀여우니까요 또 한 꼬마가 묻더라구요 내 눈에 민들레 꽃씨 들어갔는데 이제 내가 민들레 꽃밭 되는 거예요 꽃 친구 나비는 좋아도 벌은 무서운데 어떡해요 선생님 드림랜드는 별천지예요 우리 야외 수업 가요

선생님 귀머거리는 꿈도 무성영화처럼 소리 없는 꿈을 꾸고요 화가는 꿈 색깔이 보통 사람보다 더 선명하대요 선생님 사람은 자기가 좋아하는 걸 볼 때는 눈이 커지구요 싫어하는 걸 볼 때는 눈이 작아진대요 선생님 고래의 꿈은 낙타가 되는 거래요 고개만 끄덕이는 나를 보며 눈이 휘둥그레진 희원이는 어 이상하다 안 놀라시네 고개

를 갸웃갸웃 신세계 잃은 내 생을 갸웃갸웃

한밤의 산책

걷는다

빛이
어둠을 더 깊게 하는 골목을 지나
사격 연습장을 튀어나온 총소리가
내 몸을 관통하는 거리를 지나

걷는다

자는 일
먹는 일
행복하게 잊고
꿈을 품던
몽환의 시절이 사무쳐

온 생이
빛나는
별들을 보며

걷는다

무늬가 발목을 잡는다

단조로운 삶을 조롱하듯
무늬는 내 발목을 붙든다
나는 무늬 앞에서 오래 머문다
이리 뜯어보고 저리 뜯어봐도
무늬는 아름답다
색이 있는 무늬
색이 없는 무늬
다 감탄사를 만든다
때로 나는 무늬 옷을 산다
거울 앞에 서면 내 몸은
무늬 옷 속에서 겉돈다
무늬를 소화하기에는 아직
내 삶이 너무 바탕만 요란한 것이다
무늬 옷은 옷장 안에서 썩고
나는 쇼윈도 밖에서 곪는다

환상을 위하여

밥숟갈을 들고 어린 아들이, 환상을 위하여, 라고 장난을 친다. 그 순간부터다. 지압술로 침술로 활명수로 못 뚫던 속이 확 뚫리고, 망각에서 튀어나온 노래가 김치통을 쌀통을 저금통을 채운다. 그 순간부터다. 장복한 약으로 안 듣던 스트레스성 위통이 편두통이 이명증이 원형탈모증이 허위처럼 사라진다. 환각처럼 꿈이 되살아나는 순간 밥은 타서 공기는 매캐해지고, 식기는 깨져 흉기가 되고, 세탁기는 헛돌고, 보일러는 터지고, 생선은 썩고, 식탁은 기울고, 허기진 식구는 식욕 잃은 나를 욕하고, 볕을 못 쬔 자녀는 병이 나고, 집은 불안전하게 기우뚱거리며 운다. 환상으로 몸이 차오른 나는, 자꾸 환상을 새끼 친다.

웃는 시간

꽃을 보려고 철철이 꽃나무를 사지만 번번이 죽어나가는 꽃나무 밑에서 무채색으로 나뒹구는 내 생이 보기 미운가 어린 딸은 자꾸자꾸 꽃을 그려 안긴다 꺼뭇꺼뭇 검버섯이 핀 내 생에 잠시 꽃물이 든다

비 그쳤는데 무지개 왜 안 뜨냐고 징징거리던 어린 딸이 그린 선명한 무지개의 길을 따라 걷는다 고구마순을 옮기던 어린 나는 먼산이 무지개 머리띠를 두르자 일손을 놓고 달린다 가시덤불과 나뭇가지를 헤쳐낸 길은 내가 통과하자 순식간에 얽히지만 나는 다리에 알이 배도록 산을 넘고 넘는다 무지개를 놓친 산봉우리에 서서 나는 한 폭의 수묵담채화로 펼쳐진 낯선 마을을 내려다보며 풀피리를 삐리리

엄마 내가 광고에서 봤는데 소금은 몸속의 때를 닦아서 몸밖으로 내보낸대 모든 병은 몸속에 때가 많아 생긴대 엄마도 만날 아프니까 소금 먹어 양치질도 소금으로 하고 멋없이 뻣뻣한 내 생 앞에 어린 딸은 눈부신 소금을 한 사발 갖다 놓고 노래를 부른다 시계는 아침부터 똑딱똑딱 내일부터 가지요 어린 딸은 시간을 붙들어 맨다

어머니와 함께한 산책

나를 위문 오신 어머니와
약수가 나는 산을 오른다
내가 모르는 풀들과
어머니가 인사를 나누는 사이
나는 딸에게 보여줄
할미꽃을 뿌리째 뽑는다
어머니는 할미꽃의 뿌리를 끊어
무덤가에 던지신다
뿌리는 내년에도 꽃을 피워야지
흙냄새만 맡아도 뿌리는 뻗으니까
나를 살릴 흙이 있나
두리번거리는 내 마음을
나보다 먼저 읽으신 어머니는
가시밭이든 자갈밭이든 어디든
뿌리는 내리면 다 살게 돼 있어
거기가 내 자리다 믿으면
약초를 뜯으며 어머니는
부유하는 내 생에 약손을 대신다

봄이 올 때까지

엄마, 나 좀 밟아주세요.
더 깊은 땅내가 필요해요.
곧 내가 동사하겠어요.
이제 봄이래요.
진짜 봄이 오면
내 몸의 일부가 피리가 되는
내 몸 어딘가에 새 둥지를 품는
들쥐도 새끼 치는
꿈을 이룰 거예요.
진짜 봄이 올 때까지
제발 엄마, 나 좀 꾹꾹 밟아주세요.

너무나 아름다운

엄마, 국을 끓이려고 사온 원추리 어린잎이 나를 찌르고, 자목련 꽃봉오리가 나를 찌르고, 버드나무 새순이 나를 찔러요. 새순 하나로 봄을 마련한 자리에서 나를 찔러요. 그 자리에서 꽃도 피우려는 것들은 더 아프게 나를 찔러요. 무통 분만하려는 내 마음이 욱신거려요.

엄마, 감자떡을 만들려고 생감자를 물에 담가 썩혔어요. 감자가 생을 잃을수록 색도 냄새도 점점 고약했어요. 생이 다 썩은 물을 비워내니 아, 눈부셔라. 밑바닥에 가라앉은 순백한 생의 끈기가 내 혼을 빼앗았어요. 살이 투명하게 빛나는 감자떡은 속에 콩이 들었는지 팥이 들었는지 몸으로 진심을 말했어요.

엄마, 식물은 향기로 자기를 지킨대요. 한 잎새가 벌레에게 공격을 당하면 손상된 그 잎새는 재스민 향기를 생산해 날리고, 그 향기를 맡은 다른 잎새들은 벌레의 입맛을 떨어뜨리는 효소를 몸에 축적해 벌레를 다른 곳으로 가도록 유도한대요. 상처를 방향으로 바꾸는, 생에 대한 저 간절함이 나를 각성시켜요.

봄

큰 건물 작은 건물 앞에 나붙은 내부수리중 안내문을 읽으며 나는 나의 내부를 들여다본다 다 썩은 장기들이 재개발 허가를 기다리고 있다

형형색색
제 몸을 양각하는
봄

집을 증축하실 분 개축하실 분 신축하실 분은 연락하시라는 전단지를 물끄러미 본다 증축할 집이 개축할 집이 신축할 집이 없는

내게 틈을 안 주고 집은

보도블록 틈에서 민들레가 꽃다지가 질경이가 망초가 애기똥풀이 고개를 내민다 가벼이 몸을 날릴 수 있는 종자들은 저렇게 틈을 찾아 뿌리를 뻗고

뿌리들

나무뿌리를 캐내어 공예품을 만드는 집이 있다. 유리로 된 그 집 안에는 늘 심산(深山)의 추억을 다 털어내지 못한 뿌리가 쌓여 있다. 택시나 버스를 타고 그 앞을 지날 때마다 나는 그 집을 유심히 본다. 오랜 세월 어둠 속을 헤매 다닌 흔적만으로 아름다운 그 뿌리를.

둥굴레는 식용으로 약용으로 두루 쓰인다. 야산에서 고산까지 널리 자생하는 둥굴레 뿌리를 우려낸 차로 불면을 견디며 나는 자생, 자생 낮게 되뇌인다. 내게 뿌리박은 식구들이 밤 내내 뒤척거린다.

냉장고와 냉동고에 가득찬 뿌리들. 조린 연 뿌리, 무친 도라지 뿌리, 튀긴 우엉 뿌리, 삭힌 씀바귀 뿌리, 즙을 낸 엉겅퀴 뿌리, 가루를 낸 마 뿌리, 말린 황기 뿌리, 토막 낸 칡뿌리, 저며 말린 치커리 뿌리…… 헛뿌리도 못 가진 내가 생의 손거울로 삼은, 암흑을 제집으로 삼은 저 뿌리들.

3부

농부

물에 볍씨를 담근다.
쭉정이는
금방 위로 뜨고
알이 덜 찬 것은
조금 무게를 잡다가, 뜬다.
씨알로 쓰지 못할 것을
일일이 가려내고 볍씨를
모판에 담아 발아시키는 나에게
어린 딸이 묻는다.
엄마, 농부는 뭐라 그랬어?
아름다운 씨 뿌리는 사람?
죄인처럼 고개를 푹 숙인 벼이삭이
금니를 드러내며 웃는다.

오규원

나한테 극락 가는 지도 한 장 그려주게 하시던 스승을 꿈에 뵈었다 백발이 된 스승은 좁다란 자갈길을 맨발로 걷고 계셨다 스승의 몸은 억새풀처럼 말랐다 고개 몇 개 넘느라고 사색(死色)이 다 된 내 인사를 받는 스승의 미소 끝에 보리수나무가 한 그루 보였다

구비구비
구비구비

스승이 가신 길을

나도
몸과 꿈을 줄이며

도

도를 닦으려고 나는
약밥을 싸 들고 산을 오른다.
시야를 방해하는 잡목
살 에는 잡초를 쳐내다보니
산뽕나무 잎새 잎새에 사는
야생 누에가 보인다.
비상할 도를 얻기 위해
금식 끝에 몸이 투명해진 누에는
도 닦을 집을 짓는 중이다.
해 지기 전에 도를 다 못 닦고
오늘도 하산하는 내 등뒤에서
하얀 고치를 등처럼 매단
산뽕나무는 도사처럼 서 있다.

눈에서 싹이 나는구나

길눈이 어두운 나는 칼을 들고
쪽 눈이 모여 몸을 이룬
감자 눈을 딴다

손에 칼집을 내며 눈을 몇 개 버리고
상처 안 나게 잘 따고 딴
감자 눈을 밭에 심는다

들쥐나 들새가 눈을 파먹지 못하도록
흙을 꼭꼭 손으로 다지고
발로도 꾹꾹 눌러 밟는다

눈에서 난 싹이 캄캄한 길을 찾아
땅 위의 공기도 마실 수 있도록

봄맞이

숙변이 꽉 찬 장을 청소하고
장롱 위에 침대 밑에 장식장 뒤에
보이지 않는 곳에 쌓인
먼지를 쓸어내고
구석구석 약을 뿌려 닦고
커튼을 걷어 빨고
아픈 몸을 씻고
나팔꽃 능소화 강낭콩 등나무
나를 버팀목으로 삼을
묘목을 구해 심고
동백꽃처럼 퍽퍽 터질 월경 받을
생리대를 사러

입춘

봄을
마중하러 간다

봄이 좋지?
봄을 캐다 파는 노파들
내게 추파를

뿌리 실한 냉이
향이 강한 달래
색이 좋은 돌나물

덤으로 듬뿍듬뿍
봄 나는 곳까지

흙 묻은 봄 뿌리
씹어본다

언 마음 녹이며
고이는

쑥을 캐다

약에 쓰려고
뿌리 하나로 칼바람을 견딘
쑥을 뜯는다.
지난겨울에 불타지 못한 곳보다
시커멓게 몸이 탄 자리에
햇쑥이 더 많고
밭두렁의 쑥보다
무덤 주변 쑥이
살이 더 깊고
색도 향취도 강하다.
고통을 견딘 땅이 키운
쑥으로 뜸질을 한다.
열정이 빠져나간 몸이
뜨거운 것을 반긴다.

씀바귀

몸에 밴
너무 강한 쓴맛이 싫어
나는 너를 맑은 물속에 처넣고
돌로 꾹 눌러놓았다.

시커멓게 우러나오는 쓴맛을
몇 번씩 따라 버린 뒤에
나는 너를 항아리에서 꺼냈다.

존재의 상징인
쓴맛을 너무 우려내버린 탓일까.
양념을 아무리 해도 맛이 안 난다.

날개에 관한 단상

결혼비행을 끝내고 죽은 수개미들을 쓰레받기에 쓸어 담는다. 몸통 따로 날개 따로 떨어져 있다. 몸의 꿈과 날개의 꿈을 달리 품고 저승으로 간 것일까?

결혼한 여왕개미는 제일 먼저 제 몸에서 두 날개를 떼어낸다. 정착해 일가를 이루려면 더이상 높이 더 높이 비상을 꿈꾸어서는 안 되는 법일까?

일생을, 양식을 모으는 육아에 힘쓰는 집을 지키는 궂은일을 도맡는 일개미는, 날개가 없다. 날개는 생업을 방해해서? 날개는 외계와 간통해서?

약수터

병들이
병명을 자랑하는
줄이 길다

병을 약수로 씻고
병을 약수로 씻고
병을 약수로 씻고

맑고
맑고
더 맑아져서
산을 내려가는 사람들

나도
병에
병에
병에
약수를
찰랑찰랑
찰랑찰랑

노화에 관하여

허기를 못 다스리면
병이 든다.

뜯어먹을 추억이 많든지
뜯어먹을 애인이 많든지

넋 놓을 시간을 줄이든지
넋 빠질 놀이를 늘이든지

허기를 못 느끼면
노화는 지연된다.

4부

사랑아

너는 캄캄할 때, 온다.
한길로 가는 마음 같은
외줄을 타고.

오래 고름을 짜낸 생에
경계 없는 길을 들인다.

삶의 노래
내 안에 물결치고

노화하며 내 몸
울음 재우는 집이 된다.

사랑

내게로 쏟아지는 그의
눈에
입술에
늑골 너머 심장에
희디희어 빛인 몸에
거기서 분사되는 치자꽃 내 나는 시간에, 나는
머리에 이었던
두 손에 들었던
등덜미에 졌던
덩어리 쇠보다 더 무거운
삶의 자력에 들러붙은 가파른 길들
마음놓고 잠시 부려두고
내 안에 위험수위로 들끓는 검붉은 강
정신없이 다 방류하고
사력을 다해 폐활량을 늘린 나는
그의 푸른 숨을 오래오래 충전한다.
오, 이제야 비로소 내게 와 박힌
나를 관통해 수북이 쌓인 돌들
첫울음을 토한다.

맴돈다

석류꽃들이 종소리를 내며 구르는 저녁
길들은 집으로 집으로 향한다

너의 집은 홀로그램으로 빛나고
한뎃잠에 등이 구부러진 나는
구더기가 들끓는 욕창의 세월을 안고

길을 숨긴 어둠 속을
죄처럼

덩굴손을 보라

유릿조각 꽂은
너의 담을
칭칭칭
칭칭칭칭

쇠창살로 막은
너의 창을
칭칭칭
칭칭칭칭

가시나무 울울한
너의 길을
칭칭칭
칭칭칭칭

죽어서도 풀지 않는
저 덩굴손을 보라!

화분

겨우내 화장실에 처박아뒀던
화분에서 싹이 오른다.
나 안 죽었다고
너 똥오줌 냄새 맡으며
겨울 잘 견디었다고
내 가슴을 쑤신다.
볕 좋은 곳에 화분을 내놓아도
퍼런 칼날 같은 잎새만 자라고
꽃대궁은 올라오지 않는다.

너는 모르고

뿌리가 썩는 줄은 모르고
너는 내게 물을 듬뿍
대궁에 농 드는 줄은 모르고
너는 내게 약을 흠씬
그늘이 필요한 줄은 모르고
너는 내게 빛을 쨍쨍

내가 사는 데 필요한 것은
주름 느는 이마를 맞대는 것
낮은 한숨 소리를 듣는 것
너의 체온을 아는 것

너는 모르고
너는 모르고

나는 저항하지 않겠다

사랑아.
내게 못을 더 박아다오.
짧고 가는 못보다는 굵고 긴 못을
장도리로는 빼낼 수 없게 깊이
아주 깊숙이 박아다오.
쇠망치로 박을 수 없는
면역이 생긴 곳에는 전기드릴로
더이상 빈자리가 없을 때까지
내게 못을 박아다오.
네가 박은 못들을 기어이
내 체온으로 썩혀
내 살로 만들 때까지
내 너를 추억할 수 있도록
사랑아.
제발 내게 더 많은 못을 박아다오.

너에게 보내고 싶은 엽서

생화는 꽃이 질 때 가슴이 쓰려.
조화가 좋아지니 나이가 들었나봐.
나 요즘 조화 배우러 다녀.
조화는 신비해. 못 만들 게 없어.
조화에 정신을 쏟아부으니 아픈 게 덜해.
온 집안에 조화뿐이야.
조화라도 있으니 집이 좀 그럴듯해.
조화를 가만히 뜯어보면
사는 게 위로가 되기도 하고.
조화, 너도 한번 배워봐.
조화 모양 초보 때는 엉성해도
생화 같은 조화 만들게 돼.
색 쓰는 법도 알게 되고.
요즘 나 조화에 파묻혀서 지내, 죽은 듯.

화산을 토하다

말로만 들은 그 집을 찾아 이 골목 저 골목을 헤매던 나는 키가 낮은 향나무로 울타리가 쳐진 어느 집 앞에서 정신을 잃었다. 눈을 뜨니 주름투성이의 노파가 쭈글쭈글한 손으로 내 가슴을 쓸어올리고 있었고, 내 입에서는 연신 화가 분출되고 있었다. 내 몸은 마치 살려고 불을 토하는 활화산 같았다. 정신을 차리고 보니 이미 내 속에서 올라온 화는 화산을 이루고 있었고, 그 주변 생물은 모두 사라지고 없었다. 내 속에 화가 저리 많았는데 나는 왜 너 하나 녹여 내 살을 만들지 못하고, 나는 왜 나를 녹여 너 깃들일 집 하나 꾸미지 못했는가. 화 속으로 뛰어들어 화마가 되고 싶은 나를 붙잡고 놓지 않는 것은 아직 토하지 못한 내 속의 너, 화근이었다.

불놀이

두렁에
고랑에
불을 놓는다
들끓는 병충해를 막으려고
연이은 흉작을 피하려고
종자 값도 못 건지는
노동의 무성한 잡념을 태운다
춤을 추는 불길 속에
검불을 던져넣으니
허물만 부여잡고 썩지도 못하는
오래 묵은
내 마음의 속 빈 대궁들도
훨훨 타들어간다

가묘

내 가슴처럼
온몸이 멍인 풀들 무성한
너의 무덤 곁에 쓴
내 가묘를 본다.

너의 별세(別世)는 안녕한지
아픈 내 마음
그 속으로
파고든다.

흙 향
풀뿌리 향
뫼꽃 향
네 영혼의 향기
내 몸을 찔러댄다.

내 마음의 멍울이 삭는다.

5부

어린것들

흰 목련꽃을
엄마, 여기 조개꽃이 피었어!
밥물이 끓어 넘친 자국을
엄마, 여기 눈이 내렸어!
벚꽃이 지는 걸
엄마, 바람이 꽃을 아프게 하는 거야?
좋은 냄새를
엄마, 이게 꽃이 피는 냄새야?

겁도 없이

5년
10년
일생이 걸려도
내가 못 가는 거리를

단숨에!

어린 구도자

자고 나면 백미러가 깨지는 곳에서
엄마, 눈이 안 떠져? 눈뜨려면 어떻게 해?
엄마, 돈 벌러 가는 길 어디야?
엄마, 길이 왜 이리 라면같이 꼬불꼬불해?
엄마, 늪지대에는 사나운 짐승이 많아?
엄마, 집에 오는 길 잊어버리지 마!

눈뜨자마자 개똥을 치워야 하는 곳에서
엄마, 똥 밟으면 깨끗이 씻으면 돼!
엄마, 아프면 약 먹어야 돼. 약이 요술사야!
엄마, 나는 나이 먹기 싫어. 맛이 없어!
엄마, 향기 좀 줘. 나는 엄마 향기가 제일 좋아!
엄마, 웃어봐. 내가 예쁜 무지개 선물할게!

내 마른 젖을 만지며
나도 이런 노래 주머니 갖고 싶다!
노래가 있던 생으로
나를 튕겨 올리는

성장통이 멎은
산통을 잊은
엄마 쑥쑥 크라고

딸랑딸랑

산에 간다, 어린 딸과
민들레 꽃씨 후후 불며
딸은 나비 따라
언덕을 날아오르고
나는 생이 푸른 것들을
더듬거린다.
어린 길이 나를 이끌고 오른
향기가 덫을 놓은 산
아카시아!
아카시아!
딸의 목소리
딸랑딸랑
신생 속으로 나를

꿈

엄마, 오늘 무슨 꿈 꿨는지 알아? 내가 밖에서 자는데 눈이 왔어. 그런데 내가 깨보니까 백조가 되었어. 멋지지? 내게 날개를 달아주며 어린 딸은 묻는다. 엄마는 무슨 꿈 꿨어? 또 꿈 안 꿨어? 말해봐! 다그치는 딸에게 나는 속을 보인다. 엄마는 거미 꿈 꿨어. 엄마가 잠시 출가했다 오니까 집에 거미들만 사는 거야. 아빠 방에도 거미, 엄마 방에도 거미, 오빠 방에도 거미, 우리 유나 방에도 거미! 엄마가 놀라서 빗자루로 쓸어내려고 하니까 어디 숨어 있었는지 다른 거미들이 새까맣게 몰려와서 눈 깜짝할 사이에 거미집을 짓는 거야. 그리고 엄마 몸을 친친 감아서 그 거미집에 매다는 거야. 엄마는 무서운데도 거미집이 너무 신기해서 입이 하, 하 벌어졌어. 자기 몸에서 집 지을 실을 자꾸자꾸 뽑아내는 거미가 진짜진짜 부럽기도 하고. 엄마, 그래도 그 거미들 나쁘다. 엄마를 아프게 했잖아. 내일은 그런 꿈 꾸지 말고, 엄마도 예쁜 새 꿈 꿔. 나랑 같이 하늘 날게. 알겠지?

꽃집 어머니

별 즐기는 놈은 창가에
물 즐기는 놈은 물가에
바람 즐기는 놈은 길에
사색 즐기는 놈은 그늘에
성질대로 놀게 하시는

흥 좋아하는 놈에게는 타령
제 색깔 못 내는 놈에게는 영양제
뿌리내릴 데 없는 놈들에게는
구멍 뚫린 뼛속까지 내어주시고
남의 앞길 가리고 선 놈은
나무라며 자리 옮겨놓으시는

병색 깊은 놈들
화색 돌게 하시는

길눈 뜨게 하시는

그 인연에 울다

똥을 치우는
독이 될 일 줄이는
기꺼이 늙는

멧새 발길이라도 끊이지 않게
무덤가에 유실수를 심는

그 마음 가는 길
뒤밟아보면

그늘의 둘레보다 더 넓게
자갈을 물고 흙을 껴안은
까치집을 앉힌
깊은 곳의 수맥을 짚은

아! 어머니.

어머니의 집

늙은 어머니의 집에는
재생이 가득하다.
제 수명을 다한 것이나
다 못하고 버려진 것이나
어머니가 손을 대면
재생을 한다.
재생을 벗삼는 어머니를
구경 삼아 오는 이들에게
어머니는 재생을 선물하신다.
세금을 징수하러 오는 이들에게도
어머니는 재생을 나누어주신다.
어떤 이는 재생을 배우러 온다.
어머니는 생기 넘치는 얼굴로
기쁘게 재생을 가르치신다.
나도 진지하게 재생을 공부하고
몇 번 재생을 시도해봤지만
재생은 아무나 되는 게 아니었다.
재생으로 재생으로 재생으로
생을 매만지는 어머니의 집을 다녀오면
반갑게 내 생은 생생해진다.

나는 집에 홀린다

바삐 걷다가도 나는
잘 지은 집을 보면, 걸음을 멈춘다.
집의 재질은 무엇인가.
골조는 무엇으로 세웠나.
어떤 공법으로 시공했나.
마감재는 무엇을 쓰고
배수 시설은 어떻게 했나.
나는 그 집을 탐색한다.
내가 홀리는 집들은
정원 또한 아름답다.
꽃들은 계절을 가리키고
나무들은 결실을 가르친다.
집을 엿보기는 힘들다.
기교가 부족하던 때는 자주
개한테 물어뜯기고
수상한 사람으로 오인도 받았다.
나는 이제 좋은 집을 감별할 줄 안다.
속을 파내지 않은 곳은
집이 되지 않는다.
내가 너에게 집이 되고
네가 나에게 집이 되려면
우리는 서로 속을 뜯어내야만 한다.
문턱이 닳도록 그 속을 들락거려야 한다.
속을 들어내지 않으면

누구에게도 집이 될 수 없다.

양잠 일기

누에가 뽕 먹는 소리가 좋아 누에 치는 방에서 잠을 자곤 했지. 어머니와 내가 목뼈 아프도록 따다 먹인 뽕 먹고 누에들은 허물을 깨끗이 벗을 때까지는 잠을 잤지. 한잠 자고 허물 벗고 두 잠 자고 허물 벗고 세 잠 자고 허물 벗고 네 잠 자고 허물 벗고. 집 지을 때가 된 누에들은 등에 눈 무늬 별무늬 반달무늬를 달았지. 그 무늬들을 헤아리며 어머니와 나는 기쁘게 섶을 준비했지. 더 벗을 허물이 없는 누에들은 온몸이 투명해졌지. 갓 먹은 뽕잎이 든 소화관, 비단실을 만들 명주실 샘, 수컷을 부를 향기샘이 훤히 다 보였지. 그런 누에들을 골라 섶에 올리면 눈부신 집 짓기가 시작되었지. 누에들을 보며 나는 집 짓는 비밀을 알게 됐지. 제때 집을 못 짓고 똥오줌을 싸는 누에들을 가려 닭모이로 던져줄 때면 더욱.

집에 관한 명상

문패가 오래, 견고한 집은
금이 가거나
기울지 않는다.
식구들이
필사적으로
뿌리를 뻗기 때문이다.

기반이 약한 집들이
풍파에 뿌리 뽑힐 때도
수직으로 곧게
수평으로 넓게
뿌리를 내린 집은
길손의 마음을 산다.

생은 어디 있는가?
끈질긴, 탐사 뿌리를 뻗는
그 집의 생기
나에게
집들이 시키고 싶다.

월경하는 여자

여자 몸에는 집이 있다.
그 집은 바닥도 벽도 천장도, 경이다.
여자는 월경을 한다.
몸안의 불경한 것들
경도를 타고 흘려보낸다.
밤낮 없는 나흘 내내
불경불경
변기통으로 빠지는 경(經).
월경하는 여자 몸은 신생이다.

문학동네포에지 065

그 인연에 울다

© 양선희 2023

1판 1쇄 발행 2001년 4월 20일
2판 1쇄 발행 2023년 2월 6일

지은이 — 양선희
책임편집 — 김민정
편집 — 유성원 김동휘 권현승 유정서
표지 디자인 — 이기준 김문비
본문 디자인 — 김문비
마케팅 — 정민호 이숙재 김도윤 한민아 이민경 정유선 김수인
브랜딩 — 함유지 함근아 김희숙 고보미 박민재 박진희 정승민
제작 — 강신은 김동욱 임현식
제작처 — 영신사

펴낸곳 — (주)문학동네
펴낸이 — 김소영
출판등록 — 1993년 10월 22일 제2003-000045호
주소 — 10881 경기도 파주시 회동길 210
전자우편 — editor@munhak.com
대표전화 — 031-955-8888 / 팩스 — 031-955-8855
문의전화 — 031-955-2696(마케팅), 031-955-8865(편집)
문학동네카페 — http://cafe.naver.com/mhdn
인스타그램 — @munhakdongne / 트위터 — @munhakdongne
북클럽문학동네 — http://bookclubmunhak.com

ISBN 978-89-546-9016-4 03810

— 이 책의 판권은 지은이와 문학동네에 있습니다. 이 책 내용의 전부 또는 일부를 재사용하려면 반드시 양측의 서면 동의를 받아야 합니다.
— 잘못된 책은 구입하신 서점에서 교환해드립니다.
기타 교환 문의 : 031-955-2661, 3580

www.munhak.com

문학동네